CW01263267

EL BARCO
DE VAPOR

Nadie quiere jugar conmigo

Gabriela Keselman

Ilustraciones de Miguel Ordóñez

www.literatura**sm**.com

Primera edición: mayo de 1997
Vigésima quinta edición: julio de 2015

Edición ejecutiva: Gabriel Brandariz
Coordinación editorial: Paloma Jover
Coordinación gráfica: Lara Peces

© del texto: Gabriela Keselman, 1997
© de las ilustraciones: Miguel Ordóñez, 2009
© Ediciones SM, 2015
 Impresores, 2
 Parque Empresarial Prado del Espino
 28660 Boadilla del Monte (Madrid)
 www.grupo-sm.com

ATENCIÓN AL CLIENTE
Tel.: 902 121 323 / 912 080 403
e-mail: clientes@grupo-sm.com

ISBN: 978-84-675-7973-4
Depósito legal: M-7847-2015
Impreso en la UE / *Printed in EU*

Cualquier forma de reproducción, distribución,
comunicación pública o transformación de esta obra
solo puede ser realizada con la autorización de sus titulares,
salvo excepción prevista por la ley. Diríjase a CEDRO
(Centro Español de Derechos Reprográficos, www.cedro.org)
si necesita fotocopiar o escanear algún fragmento de esta obra.

Para Anna.

Había una vez un castor
llamado Pocosmimos.
Era muy chiquitito,
pero tenía una soledad muy grande.

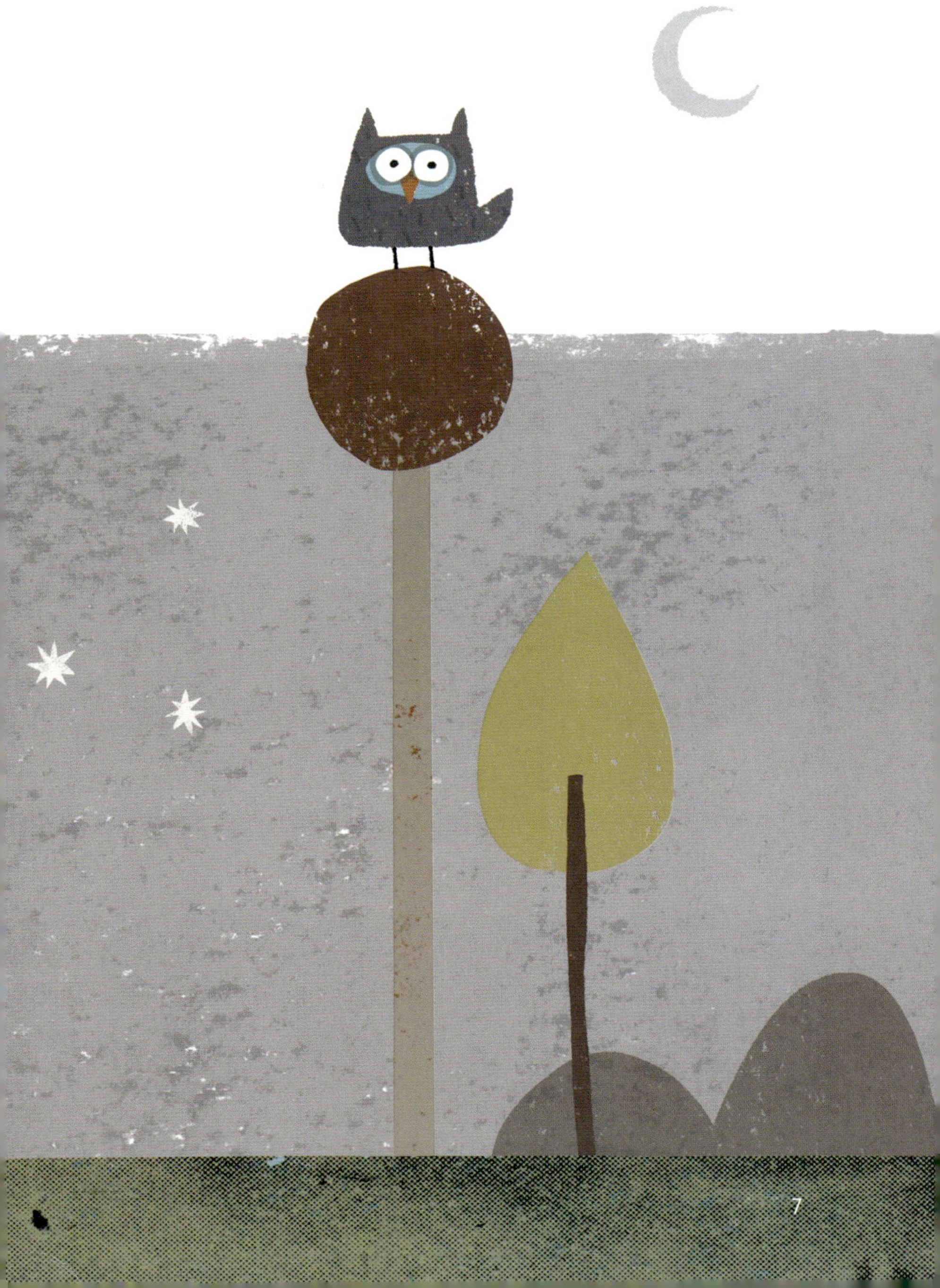

Un día, Pocosmimos se sentó
debajo de una nube.
La más negra que encontró.
Arrancó una zarzamora.
Y la arrojó hacia ninguna parte.
Luego, cogió otra.
Y la lanzó más lejos todavía.
Así, hasta dejar el arbusto pelado.

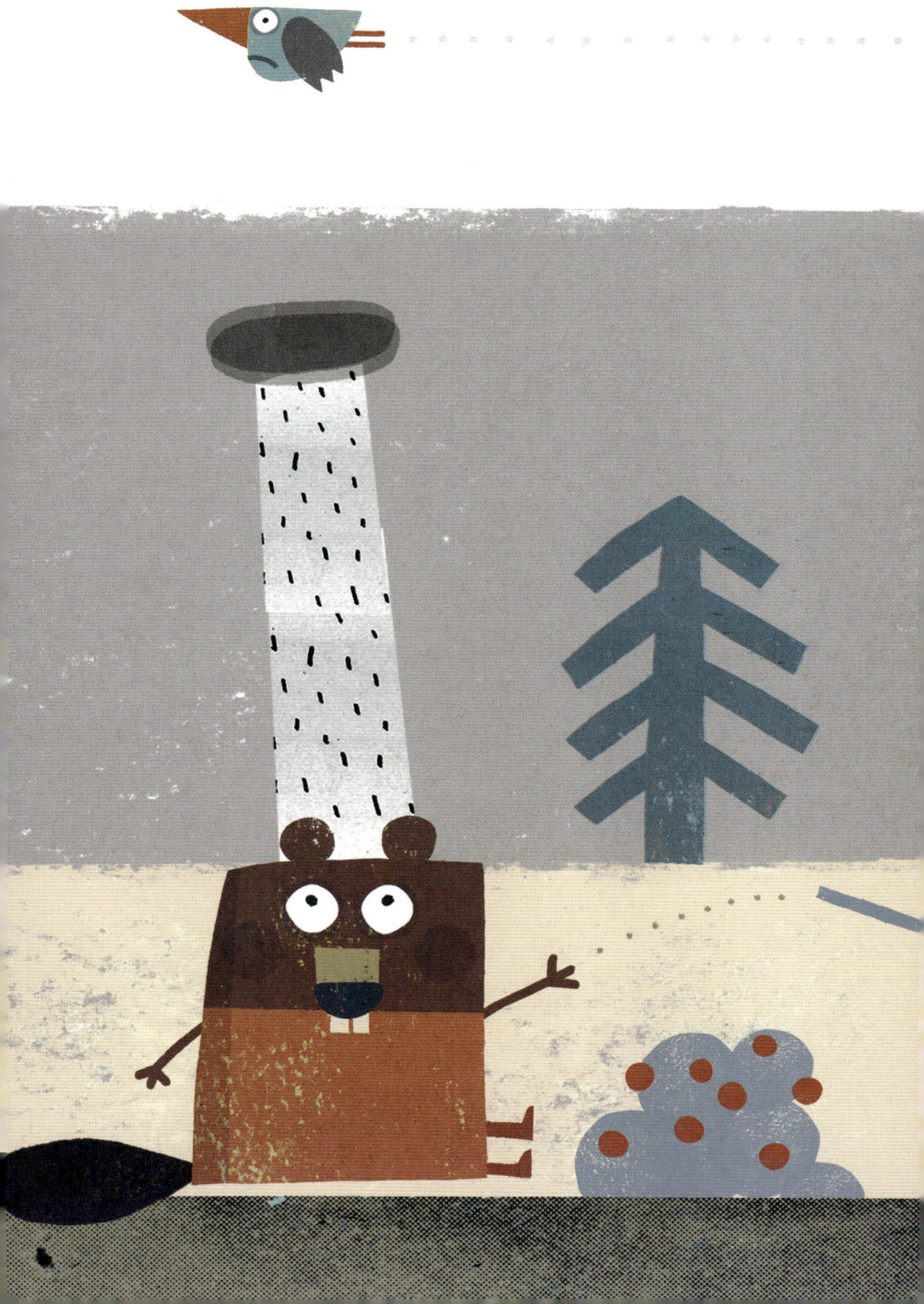

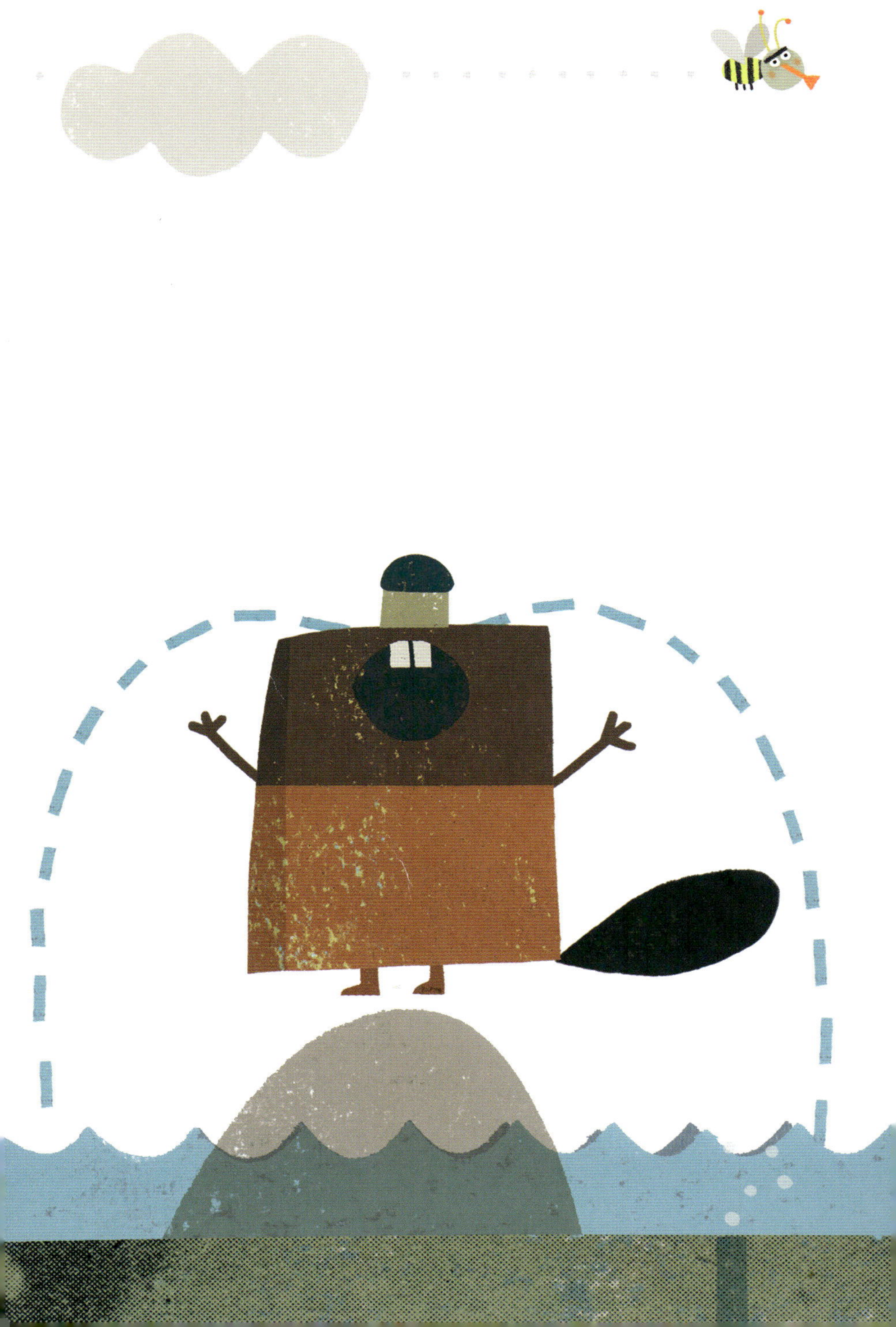

Después, apoyó la cabeza
en su almohada de setas.
Y se puso a llorar.

Lloró y lloró
hasta que las palabras se le mojaron.
 –¡Buaadie ee gaaar ooonmioooooo!
–se lamentaba.

Cuando las lágrimas se secaron un poco,
la cosa se aclaró.

—¡Na die eee gaaar con mi go!
—dijo, hipo va, hipo viene.
Pero, hasta que no se sonó la nariz,
no se le entendió ni torta.
—¡Nadie quiere jugar conmigo!
—suspiró al fin.

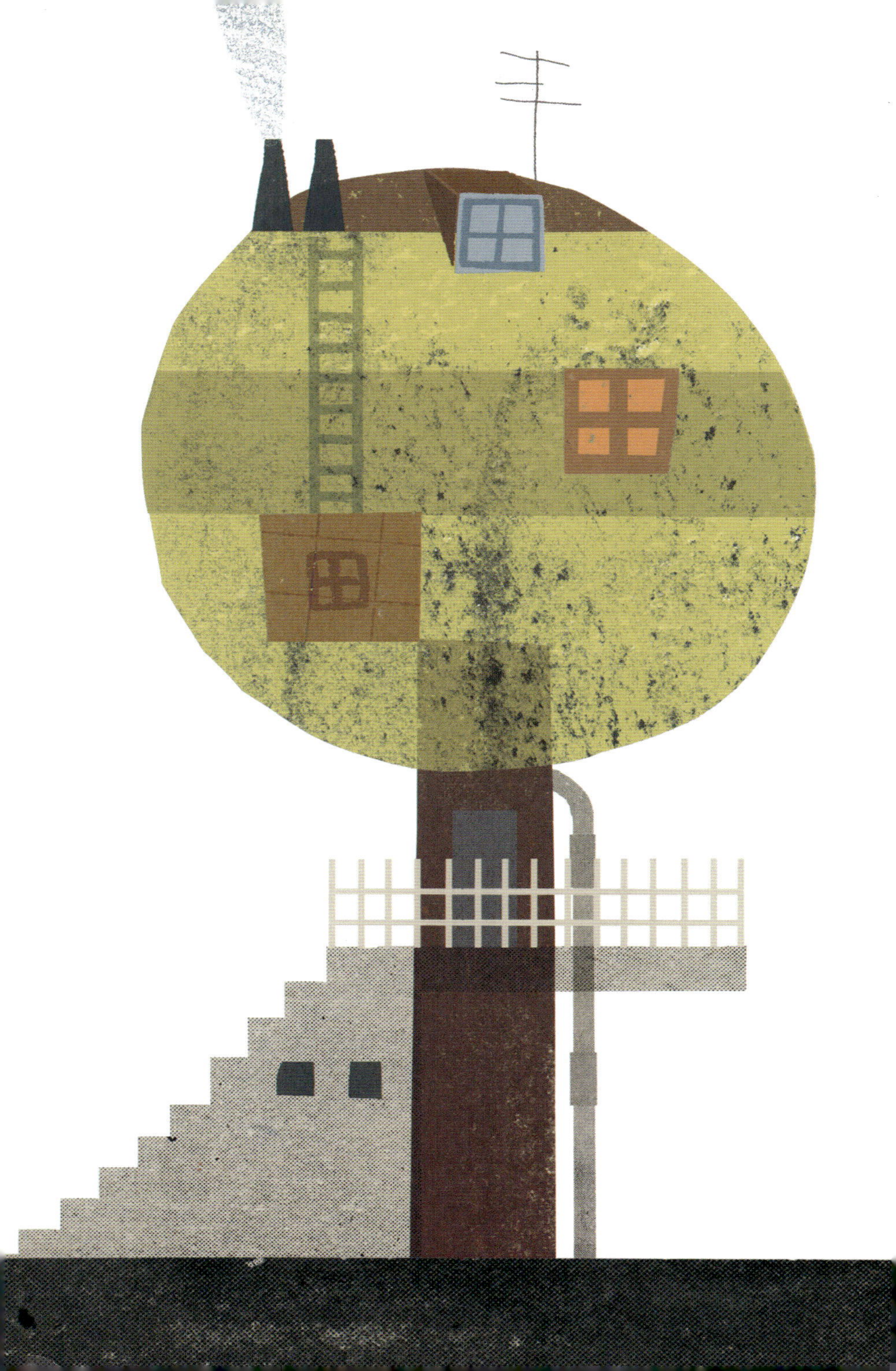

Cuando ya no le quedó
ni un puchero,
ni un gemido,
ni un resoplido,
Pocosmimos tuvo una idea.
¡Una fiesta!
Haría una fiesta en el río.
En su islote preferido.

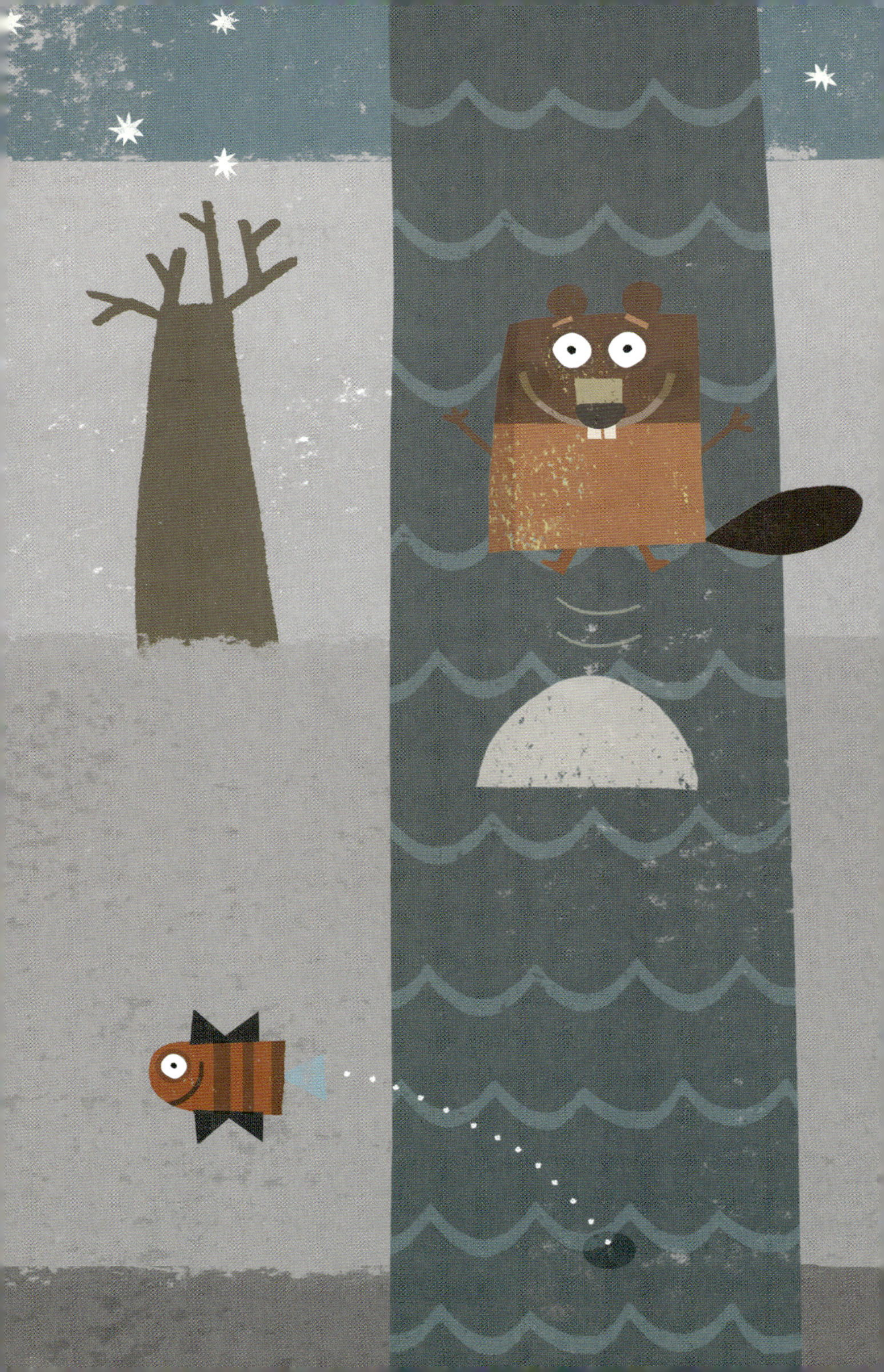

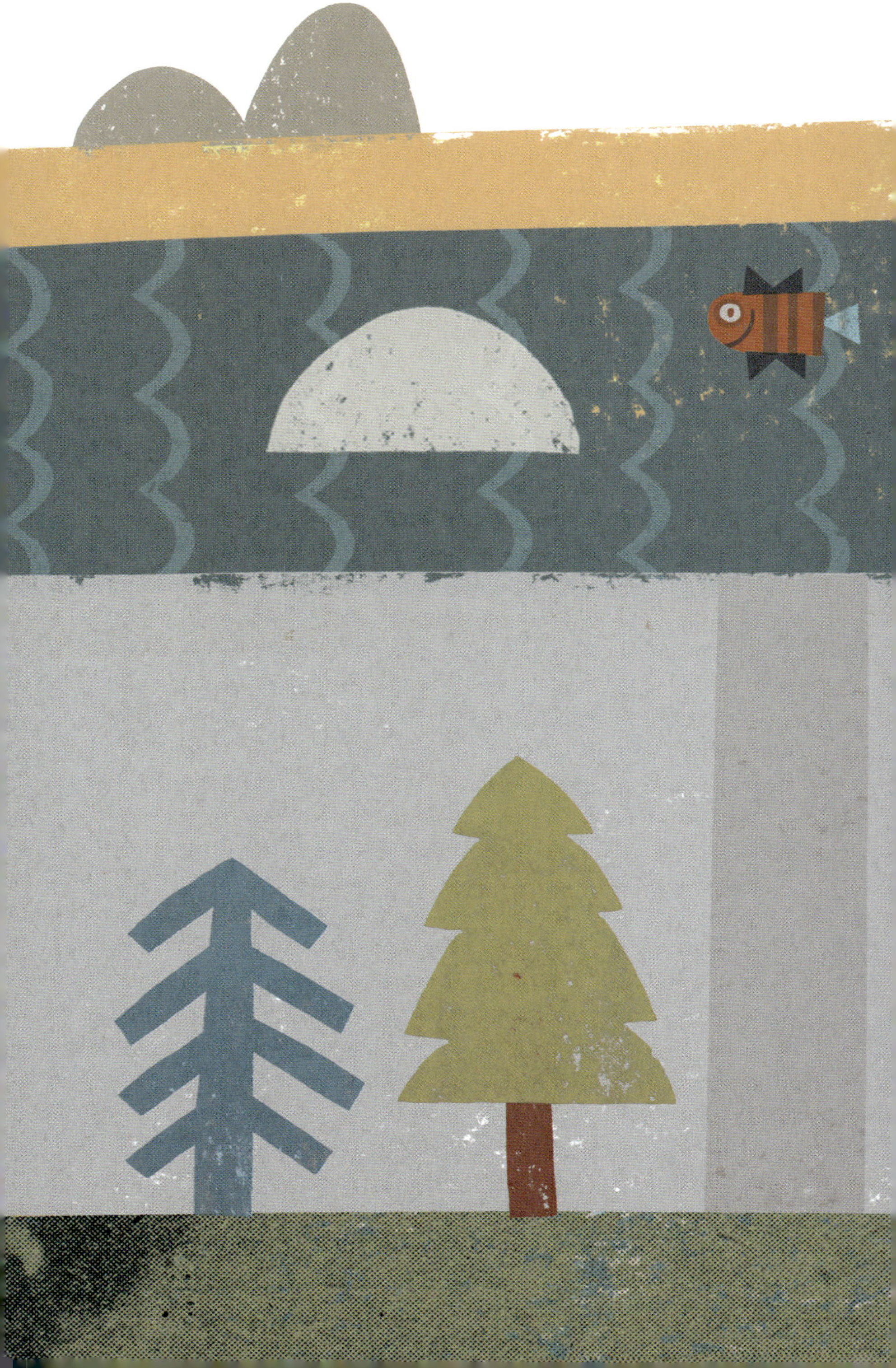

Así que,
al día siguiente,
se levantó temprano.
Preparó una tarta
de arándanos con leche.

   Colgó bellotas luminosas
por todas partes.
Y, con una ramita
mojada en jugo de grosella,
escribió invitaciones
a todos los gatos de la región.

Los gatos
recibieron la noticia encantados.
Se relamieron los bigotes
pensando en tantos manjares.
Y se fueron gateando
a la fiesta de Pocosmimos.

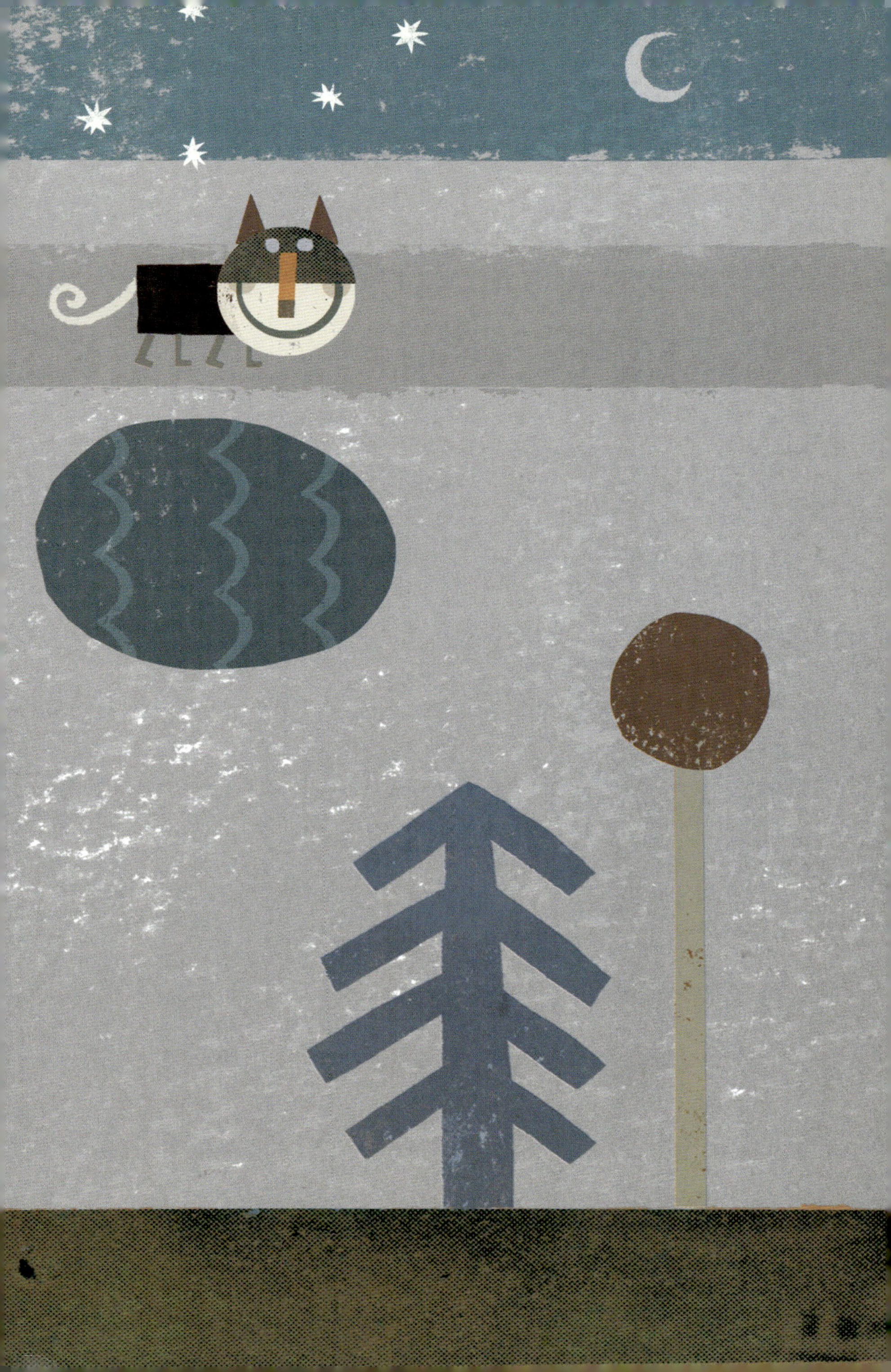

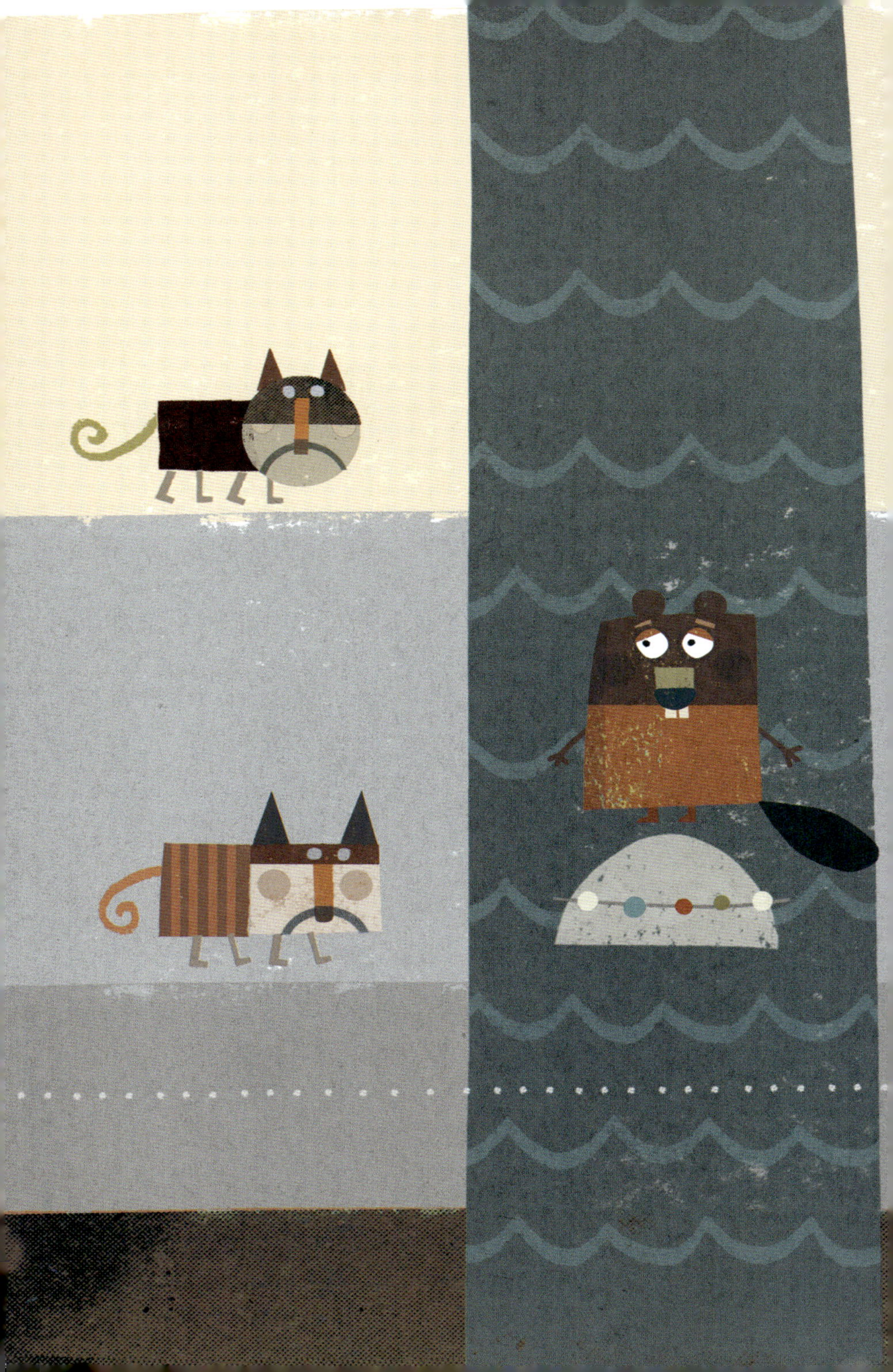

Pero cuando llegaron
a la orilla del río,
se detuvieron horrorizados.
El islote estaba en medio del agua.

Agua por aquí,
agua por allá.
No había puentes,
ni barcas,
ni siquiera un tejado
por donde cruzar.

Pocosmimos agitó los brazos
en señal de bienvenida.
Pero los gatos le maullaron:
—¡De nadar, ni hablar!
Y se volvieron a casa.

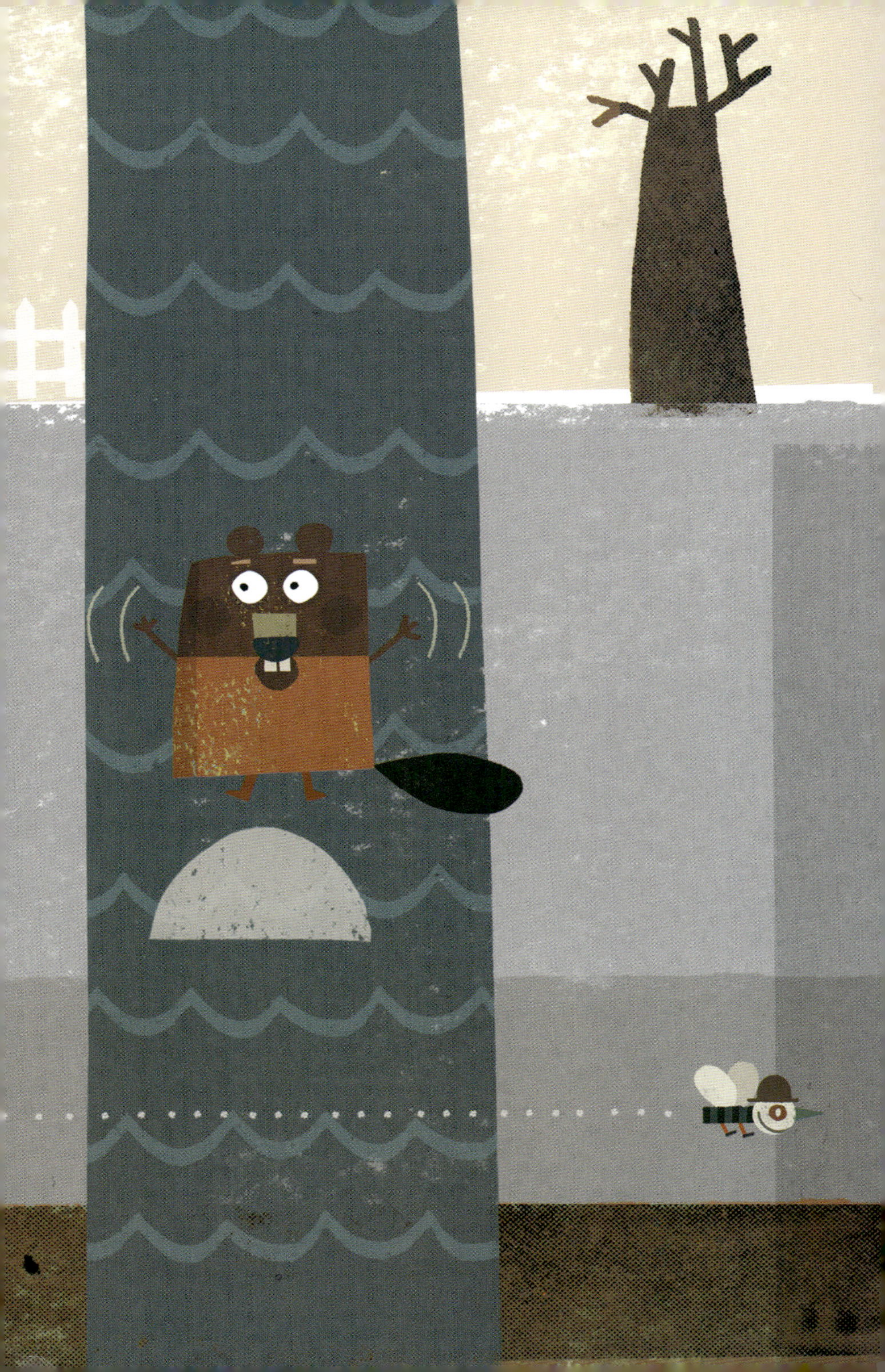

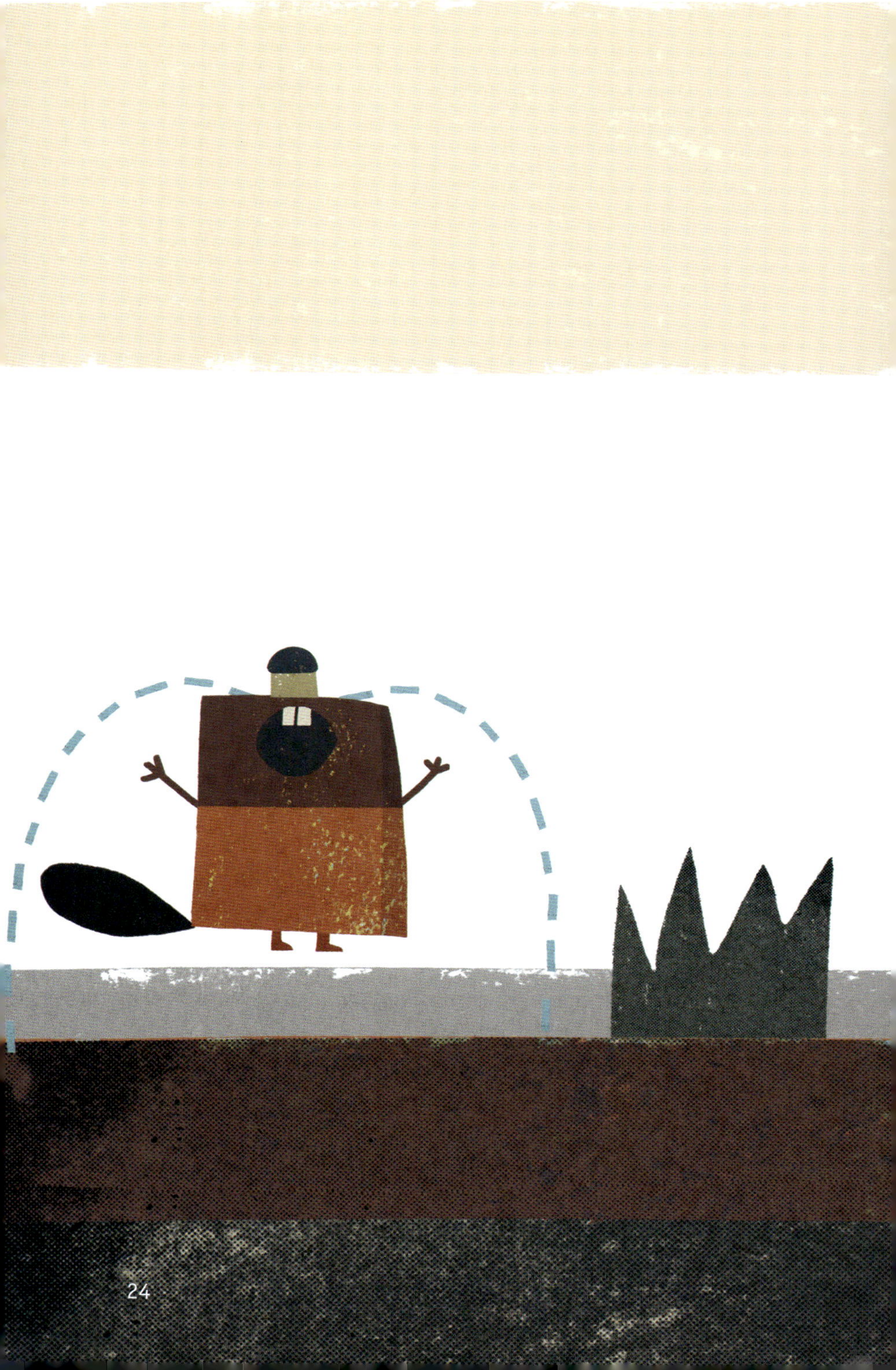

Pocosmimos se puso a llorar otra vez.
Lloró y lloró hasta que la tarta,
las bellotas y las palabras se le mojaron.

–¡Nadie quiere jugar conmigo!
–exclamó por fin.

Cuando se secó toda su pena,
tuvo una nueva idea.
¡Otra fiesta!
Esta vez haría la fiesta
en su árbol favorito.
Así que, por la mañana,
subió a la copa del roble.
Puso música de baile
y organizó juegos de animales.

Luego, envió tarjetas
a todos los patos del pueblo.

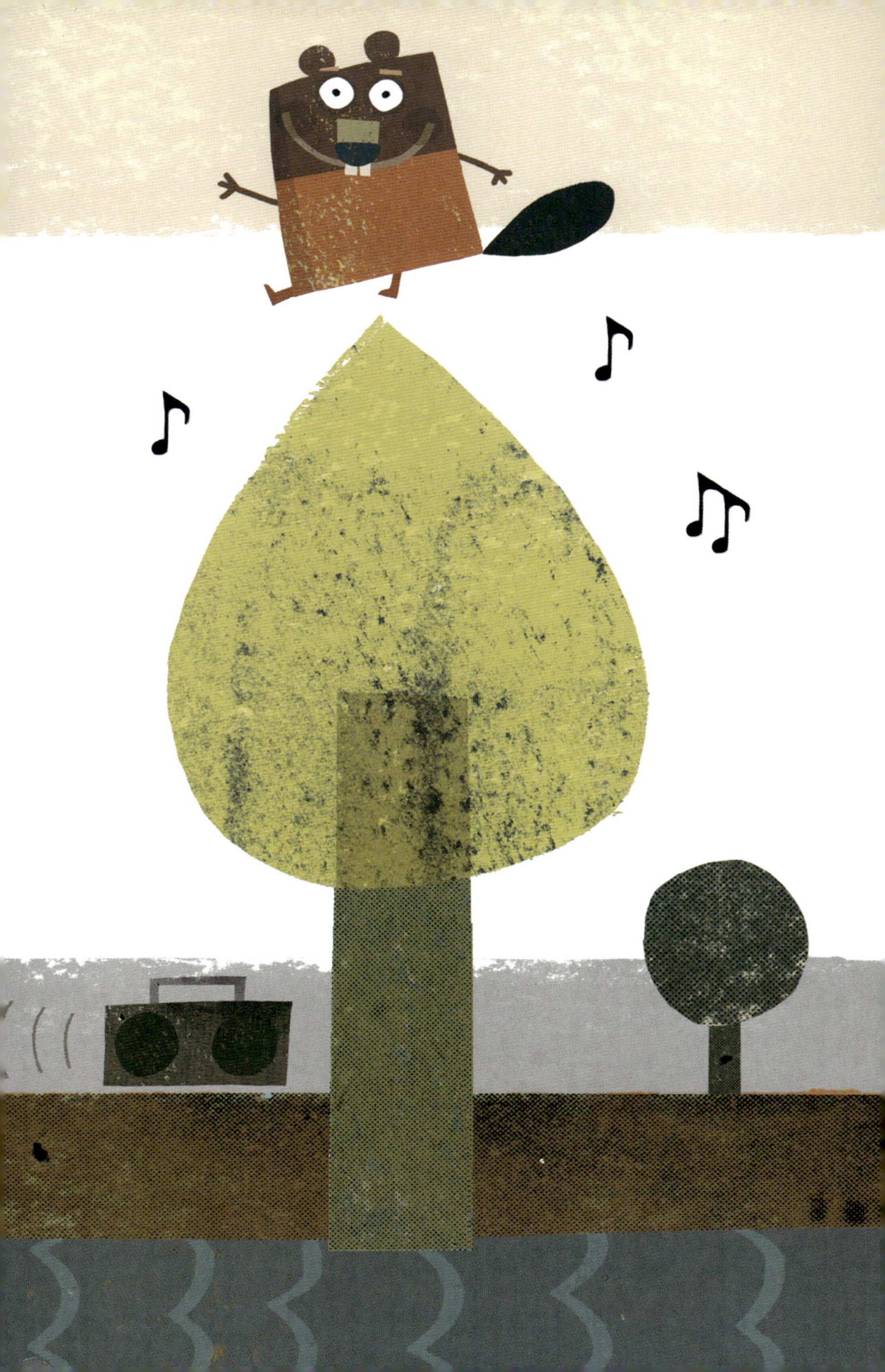

Los patos eran unos aburridos.
Así que la invitación los entusiasmó.
Y se fueron pateando
a la fiesta de Pocosmimos.
Pero cuando llegaron
al tronco del roble,
se detuvieron espantados.

¿Cómo iban a llegar arriba?
No había escalera, ni ascensor,
ni siquiera una gotera de agua
por donde subir.

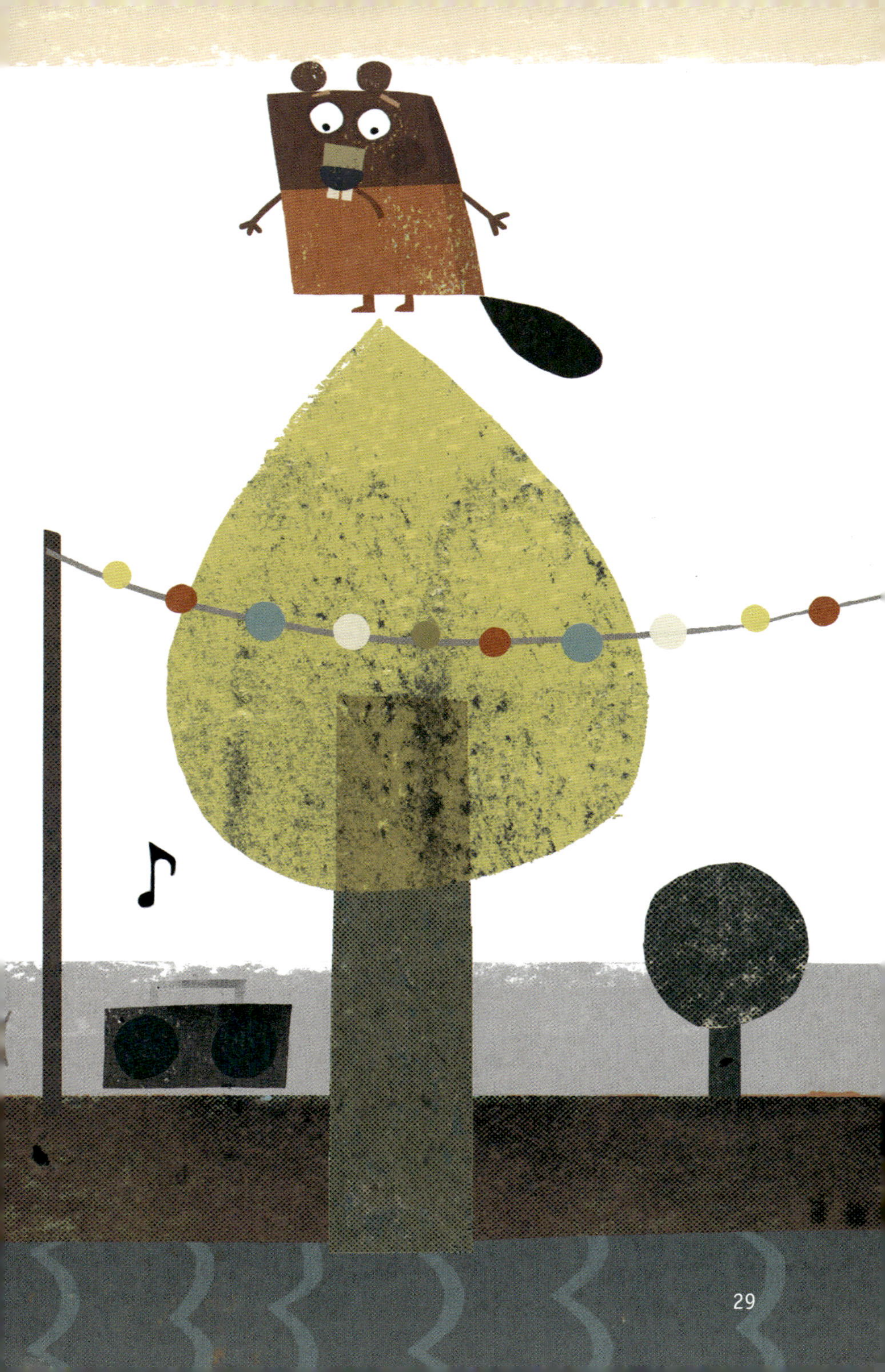

Pocosmimos agitó los brazos
en señal de bienvenida.
Pero los patos le cuaquearon:
 –¡De trepar, ni hablar!
 Y se fueron por donde habían venido.
 Pocosmimos tenía el corazón
empapado de tanto llorar.
 Y empezó otra vez:
 –¡Buaadie eee gaaar ooonmioooooo!
 –¡Na die eee gaaar con mi go!
 –¡Nadie quiere jugar conmigo!

Pero su tristeza,
después de un rato, se agotó.
Y con las ideas secas, decidió:
–¡Una fiesta más!

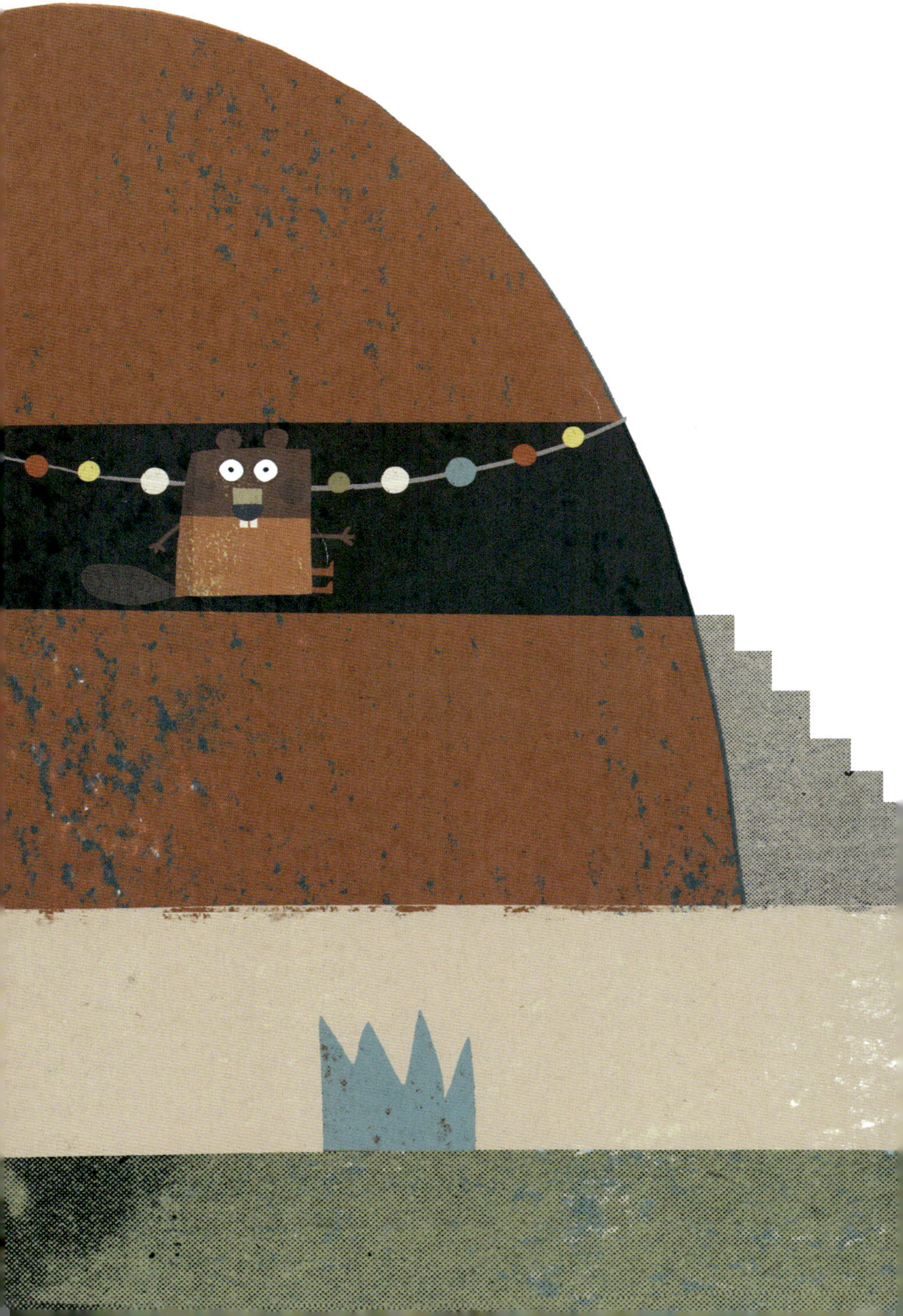

Esta vez sería en su cueva predilecta.
La más pequeña.
Así que, esa tarde,
la adornó con velas olorosas
y encendió un fuego en el rincón.
Después, mandó invitaciones
a todos los osos del bosque.

34

Ay, los osos...
¡Cómo se alegraron!
Dejaron todo lo que tenían que hacer.
Que no era mucho.
Y salieron osados
a la fiesta de Pocosmimos.
   Pero cuando quisieron entrar en la cueva,
se quedaron atascados.

Eran demasiado gordos.
Y no había ni una puerta grande,
ni una ventana enorme,
ni siquiera una grúa
para empujarlos hacia dentro.

Pocosmimos agitó los brazos en señal de bienvenida.

Pero los osos le gruñeron:

—¡De adelgazar, ni hablar!

Y se dieron media vuelta.

Pocosmimos chapoteaba
en la más triste de las soledades
Y repetía la cantinela de siempre:

–¡Buaadie eee gaaar ooonmioooooo!
–¡Na die eee gaaar con mi go!
–¡Nadie quiere jugar conmigo!

Cuando se cansó,
se le ocurrió una nueva idea.
¡Una fiesta diferente!
Haría una fiesta escondida.
Así que buscó enseguida
un lugar espeso y oscuro
entre la maleza.

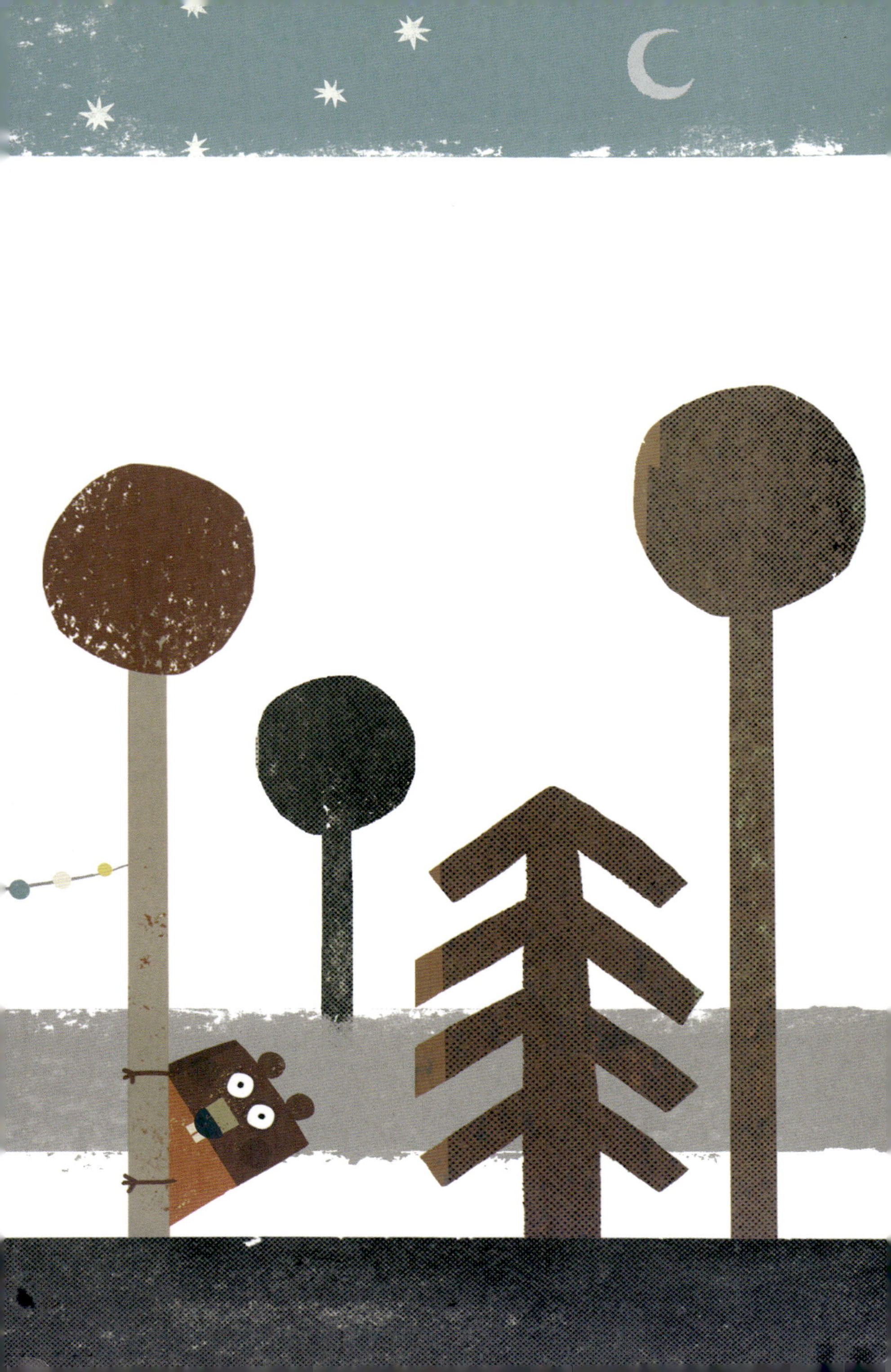

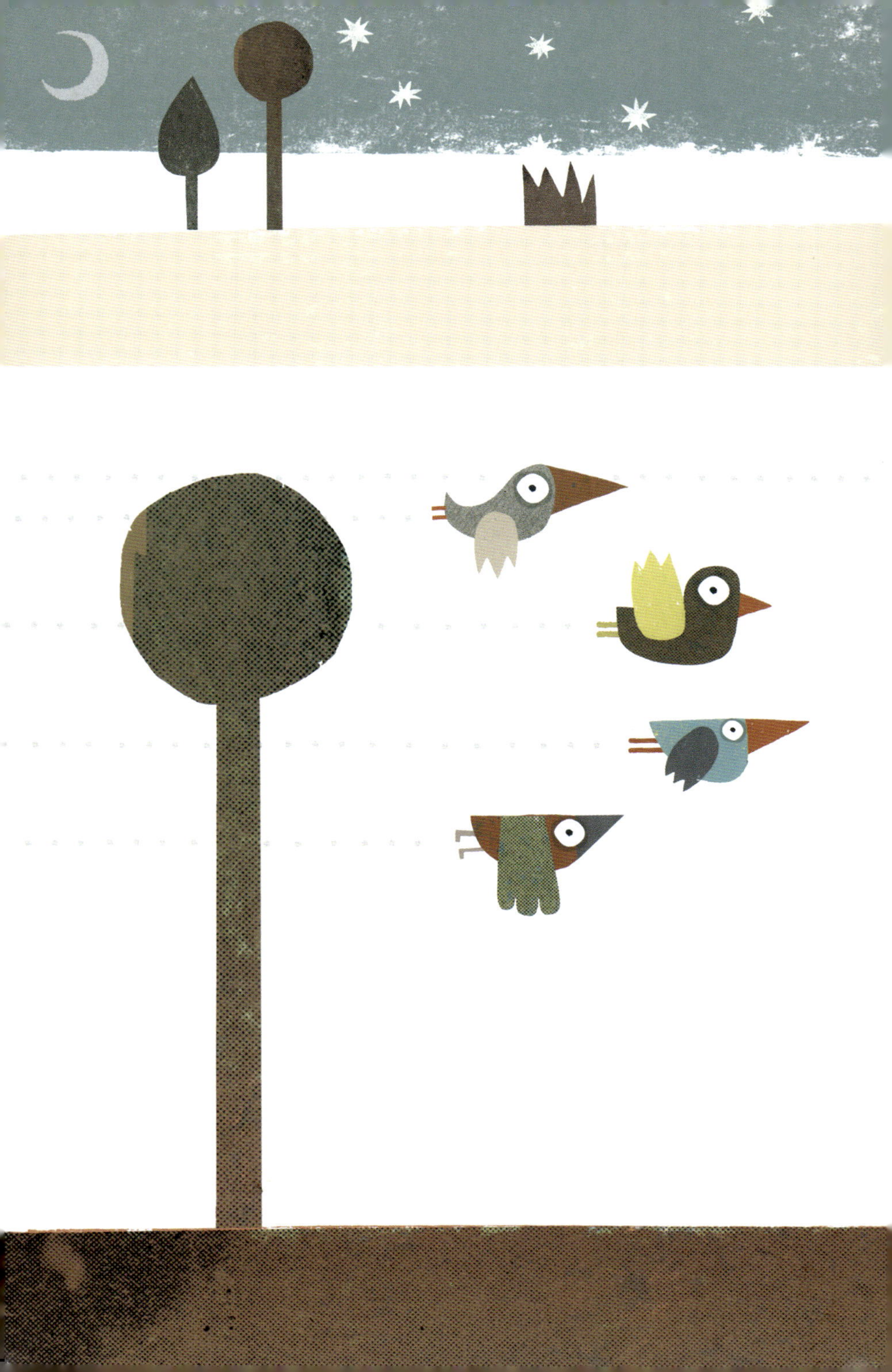

Allí cavó un agujero y se ocultó.
Por último, lanzó cartas
a todos los pájaros del cielo.

Los pájaros aceptaron
con un gran revoloteo.
Se emplumaron un poco el pico
y se fueron volando
a la fiesta de Pocosmimos.

Pero cuando llegaron al bosque,
se quedaron desconcertados.
Dieron vueltas y más vueltas,
pero no vieron nada.

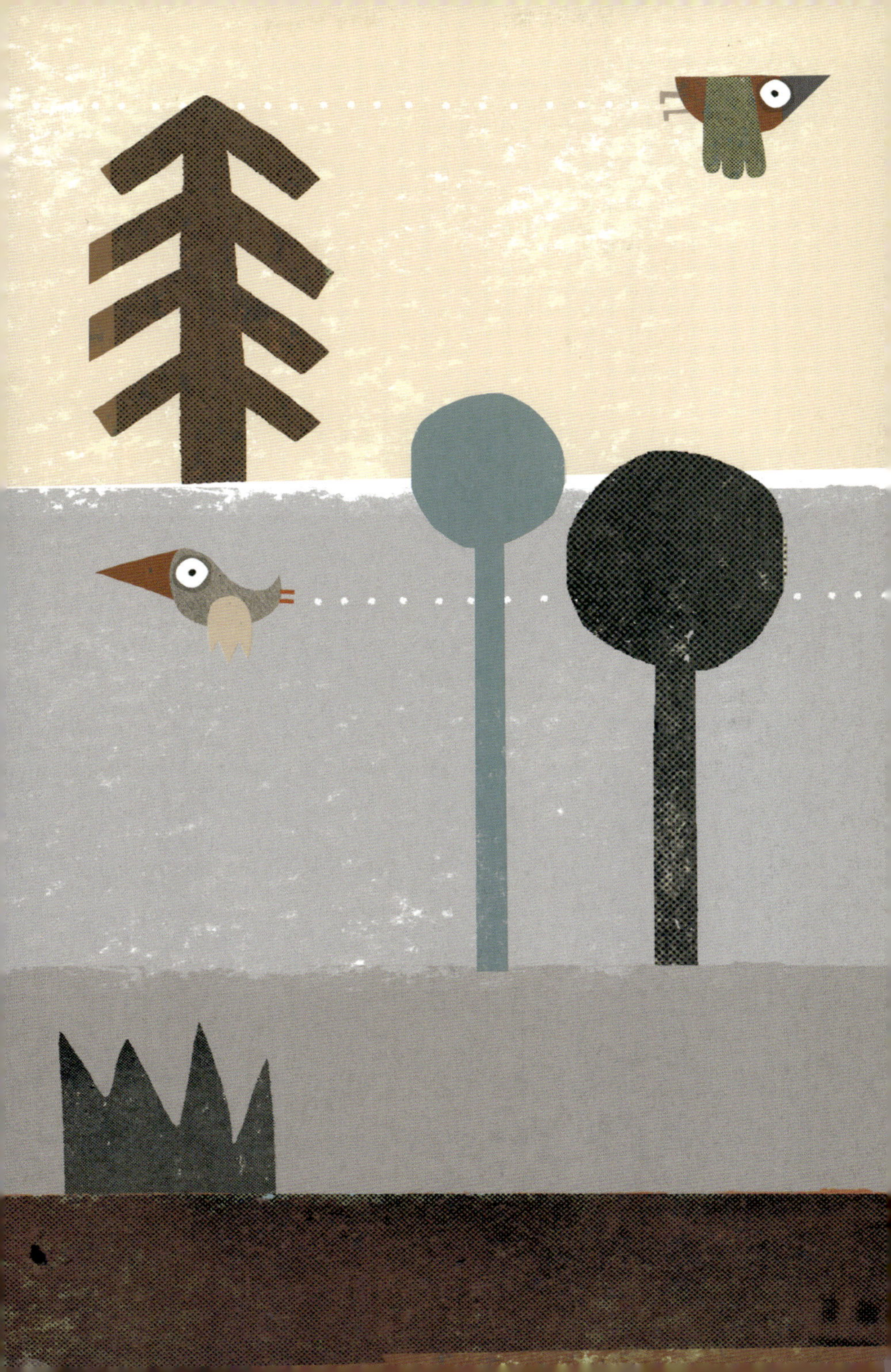

Ni un cartel,
ni una pista,
ni siquiera un mapa
que les indicase el camino.

Pocosmimos agitó los brazos
en señal de bienvenida.
Pero los pájaros
no encontraron su escondite.
Entonces le piaron:
–¡De adivinar, ni hablar!
Y cruzaron el cielo
con veloces aleteos.

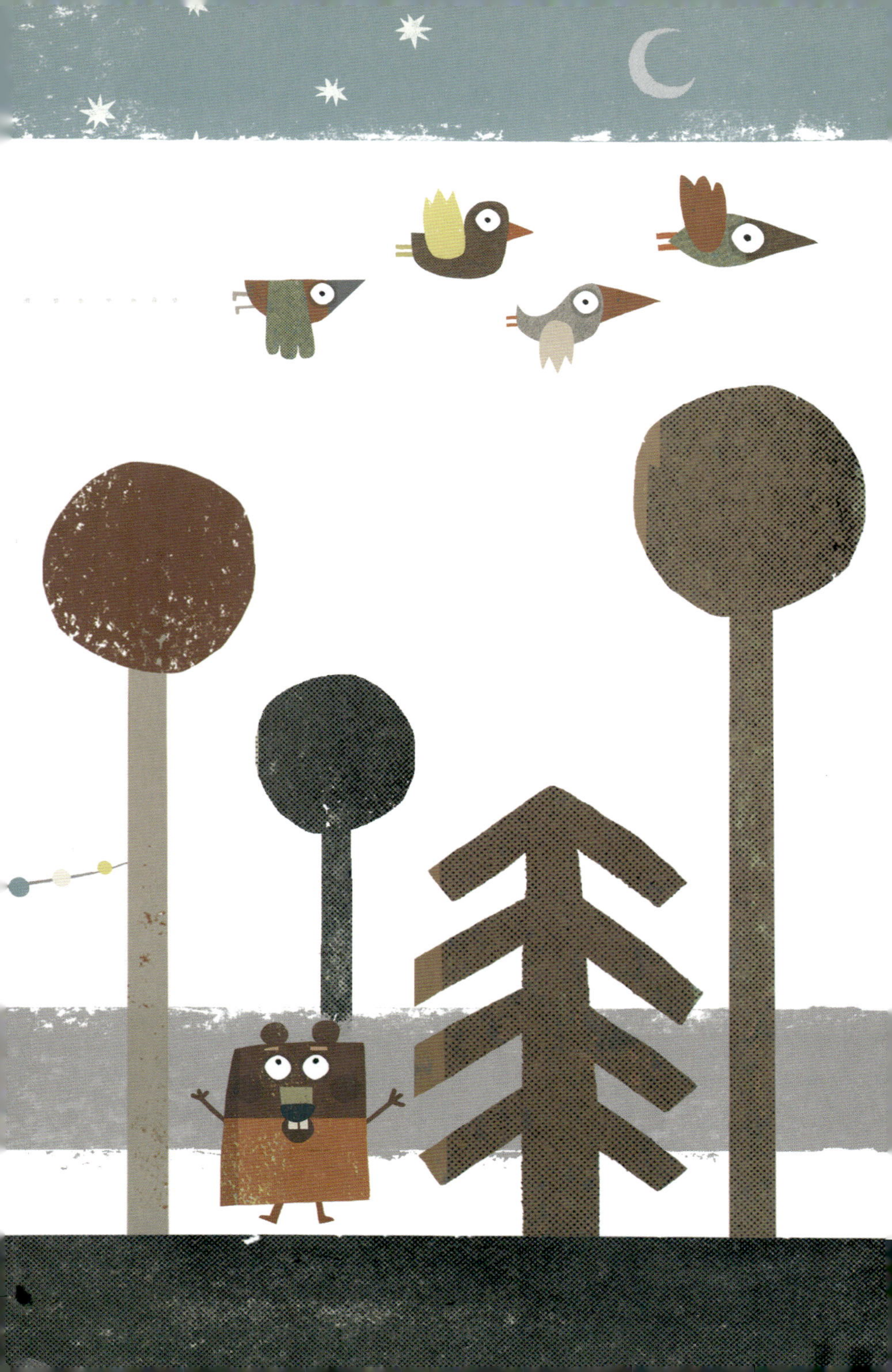

Pocosmimos estaba desolado.
Ya no tenía ideas festivas
y tampoco lágrimas penosas.
Ni siquiera tenía ganas
de repetir su queja de siempre.

Empezó a andar despacio.
Llevaba la cabeza colgando
y los ojos desteñidos.
Ahora pisaba una hoja.
Después pisaba una flor.
Ahora daba una patada a una piña.
Después no daba ninguna patada.

Y así,
arrastrando su corazón,
llegó a un prado muy bonito,
lleno de sol.

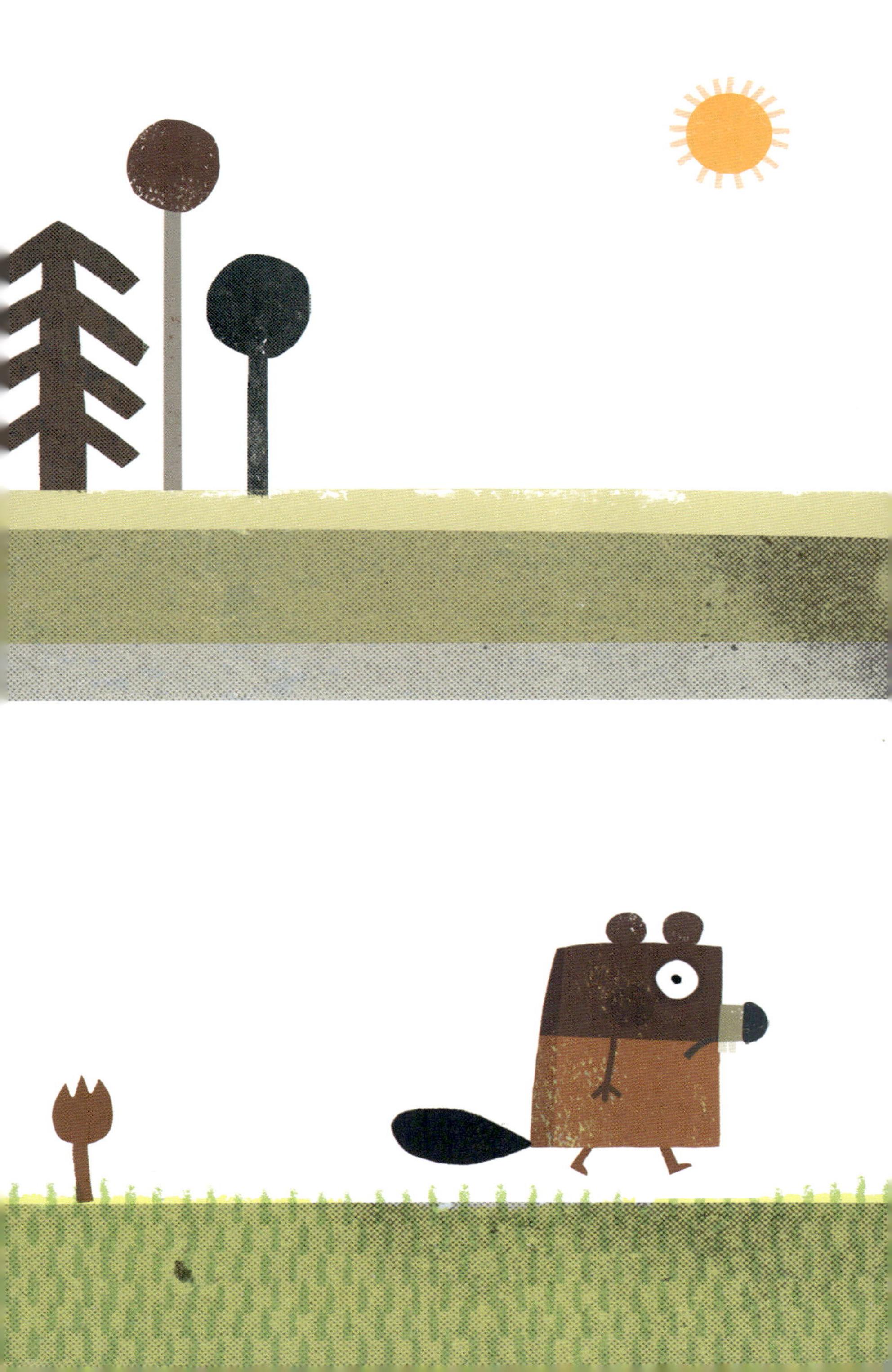

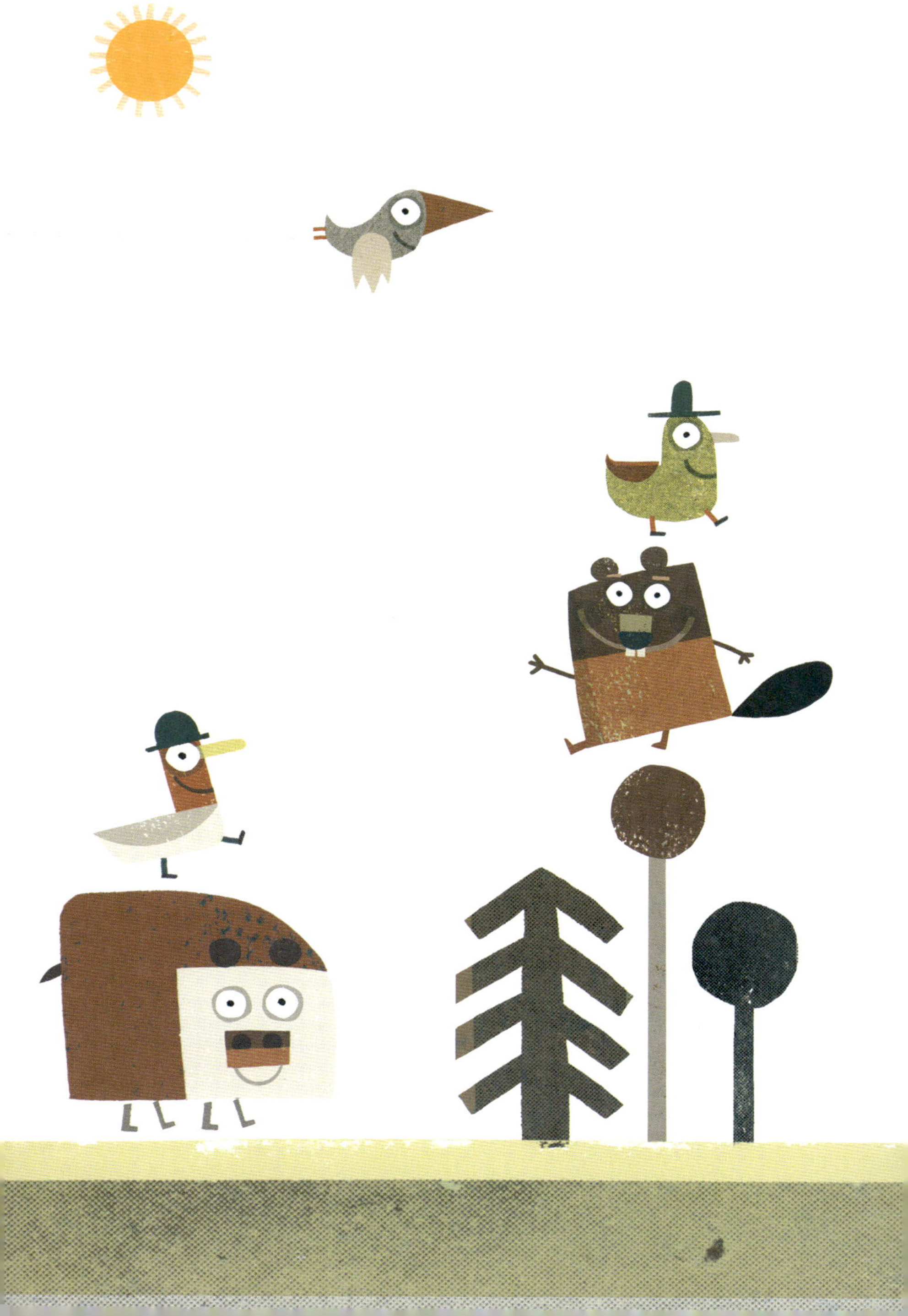

Allí estaban los gatos golosos,
los patos aburridos,
los osos perezosos,
los pájaros coquetos...
Y también había
una marmota atontada,
dos lirones medio fritos,
tres ardillas traviesas
y un montón de hormigas alocadas.
Todos jugaban juntos
y saltaban cogidos de la mano.

Cuando vieron a Pocosmimos,
agitaron sus brazos en señal de bienvenida.
Entonces,
Pocosmimos levantó la tristeza.
Y explotó en carcajadas de felicidad.
—¡Toooos eeren gaar onmiiiiio!
—rio, y no se le entendió nada.
—¡To dos eeren gaar con mi go!
—volvió a reír y a hablar al mismo tiempo.

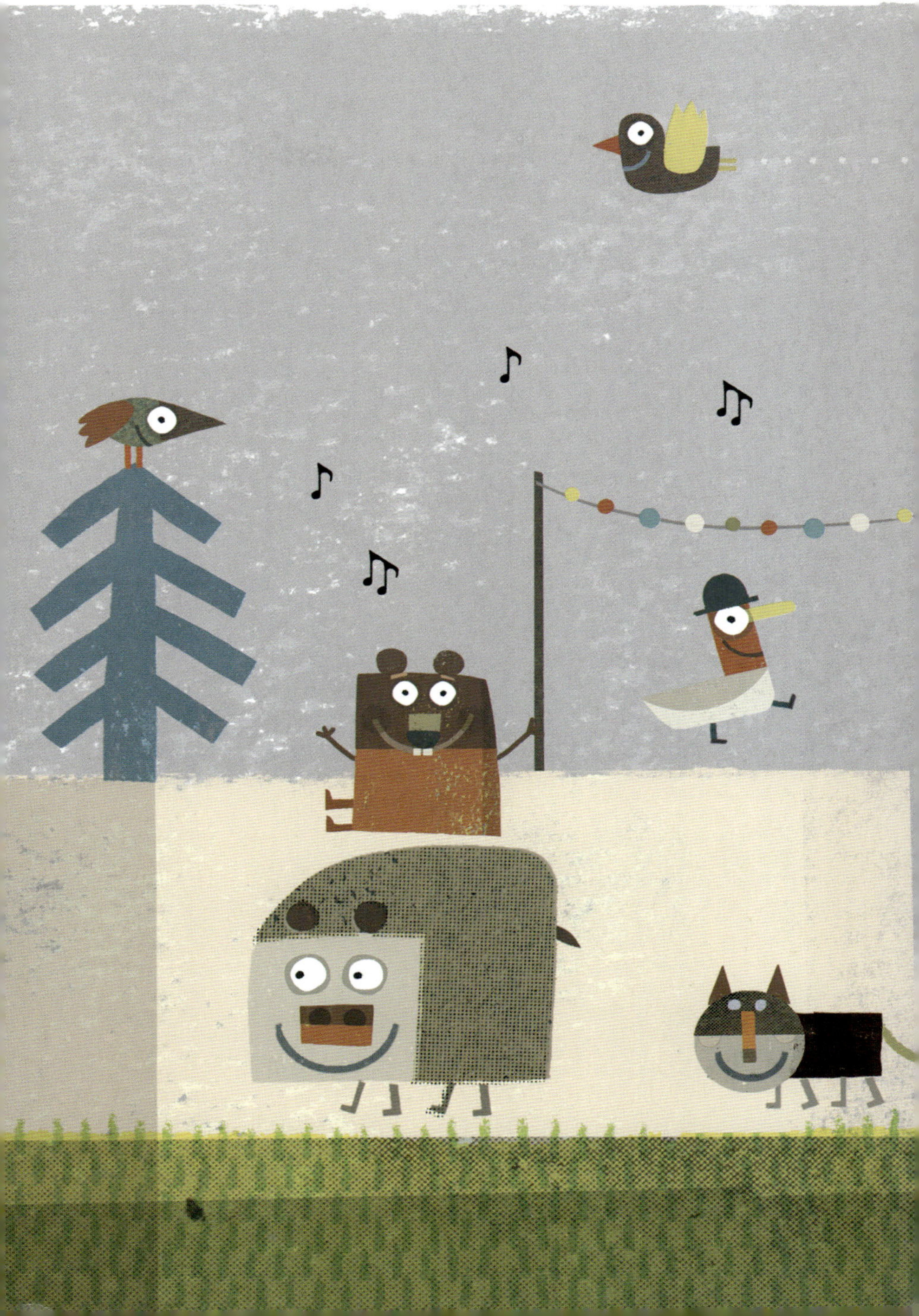

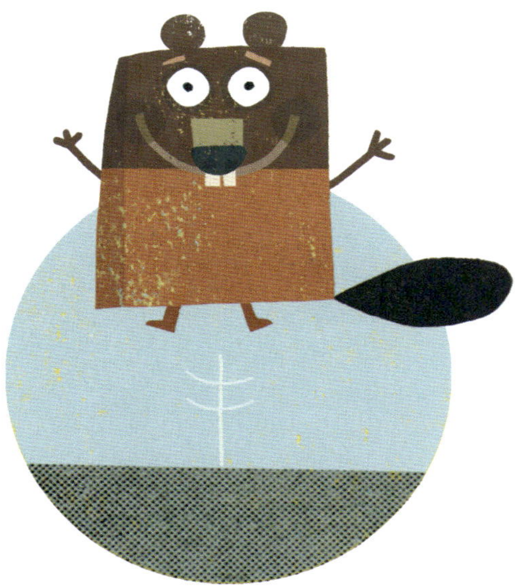

Y por fin exclamó,
con una voz recién planchada:
—¡¡¡Todos quieren jugar conmigo!!!
Así que, esa misma noche,
Pocosmimos decidió cambiar su nombre
y llamarse Muchosmimos.
Ni más ni menos.

TE CUENTO QUE A GABRIELA KESELMAN...

... lo que más le gustaría en el mundo, sería hacer una fiesta gigante a la que invitar a todos los lectores de sus libros. Pero mientras se le ocurre cómo organizarla, juega con sus muchísimos amigos y ellos le regalan un montón de mimos.

Gabriela Keselman nació en Buenos Aires (Argentina), aunque también ha vivido en España muchos años. Ha publicado más de cuarenta libros, ha recibido varios premios y algunas de sus obras han sido traducidas a lenguas como el inglés, el francés, el coreano y el japonés.

Si quieres saber más sobre Gabriela Keselman, visita su web:

www.gabrielakeselman.com

Si te ha gustado este libro, visita

www.**literaturasm**.com

Allí encontrarás:

- Un montón de libros.
- Juegos, descargables y vídeos.
- Concursos, sorteos y propuestas de eventos.

¡Y mucho más!

Para padres y profesores

- Noticias de actualidad, redes sociales y suscripción al boletín.
- Propuestas de animación a la lectura.
- Fichas de recursos didácticos y actividades.